KB105699

아침을 여는 향기

읽고 싶은 시_06

아침을 여는 향기

김 재 근 시집

인문엠앤비

시인의 말

봄이다
한겨울 얼음의 기운에서 풀려난
자유의 몸이다

생동하는 봄을 그냥
맞을 수 없어 3년간 움츠렸던 시집
한 권 내기로 했다

삶의 일상에서
자연과 생명의 소리를
듣는다

그들의
내면을 살펴 표출하는 감정과
언어를 나름대로 해석
함께 담아 본다.

2024년 3월
백천 김재근

차례

제2부 나무도 시詩를 쓴다

제3부 존재 이유

제4부 단풍의 잔상殘像

제5부 시간의 추억

제1부

한강의 봄

아침을 여는 향기

밤을 밀어 낸
햇살이
창문을 열면 생각나는
여운

맑은 기운으로
이어지는
하루의 충전제
마음이 빚어낸 정성精誠
한 줌

낯설고
물선 이곳까지 와서
내 곁에서
따뜻한 마음을 응원해 주는
더 없는 친구

모락모락
전해오는 감촉은
연인의 은은한 향기다

하늘
땅
시간이 삼킨 맛의
의미

오늘 하루
우리의 만남
그 안에서
따뜻하게 녹이고 싶은
커피 한 잔

우면산

누대를 이어
풍요로운 생명을 품은 곳

철마다
상서로운 풀로 살찌운 소
자는 듯 누워서 목마른 중생에게
젖을 물리고

대성사 천년 구도 길은
멀기만 해도
예술의 전당엔 언제나
하늘의 공명이 마음에 여백을 남긴다

여기 소망탑 아래
아늑하게 펼쳐진 자락에선
지금도
사랑의 묘목들이 전설로 태어나서

보람된 삶을 위한
자신의 길에 충실한
꿈을 펼치고
이웃과
정겨운 나눔이 있는 곳

이곳에
그 길이 있음이라.

한강의 봄

면벽面壁 수행하던
봄이
안양천 허리에서 오랜만에
걸어 나온다

물속 숭어 떼들이
경칩驚蟄을 기다렸다는 듯
하류의 강폭이 부족할 만큼
끝도 없이
유유자적 술래 중이고

한강 둔치에는
만삭이 된 산수유 매화가
여봐란 듯이 몸을 풀고 있다

생동하는 봄기운에
가마우지란 놈은 한강물

눈치를 보면서도 제집 드나들 듯
멱을 감고 있는데

쾌속선 한 척이
심술 가득 싣고
물거품 위로 미끄러진다

동안거冬安居를 끝낸 태양이
만면에 웃음 띠고
어린 아기들의 상의를 한 겹씩 벗겨 내면서
모두를 품안에 넣고

단체 여행 중이다.

목련

언제부턴가
그대가 부르는 소리에
바늘로 꽂히는
찬 설움도
가슴에서 지우며
오직 이날만 기다렸다
순백의 사랑을 위해

참고 견딘 그리움
푸른 밤 별빛처럼 만나고 싶던
설레임

고운매의 모습으로
봄을 열고 날아와서 곱다시 웃는 모습
가슴 두근거리며
맞이했는데

어찌된 일인지
그 짧은 허니문 지나고 한 모금
물도 없는 사막처럼
한 순간에 토라져 헤어진 그녀

먹빛으로
슬프게 떨어지는 외로움이 지금도
환청처럼 들려오는 당신의

아득한 이름

은밀한 유혹

늘씬한 키
낭창한 허리에
시원스럽게 늘어트린 머리의
미인

몸 어딘가에
순백의 정을 간직했다가
까만 밤 황촉불 아래
소리도 없이 다가와서 남모르게
얼굴을 드러내는 꽃

달콤한 사랑 그 결정체를
넉넉히 내밀어
황진이도 서러워 할 진한 향수에
온 몸으로 유혹하는
능숙한 저 솜씨

밤에는

눈이 부시도록
아름다운 현絃으로 무언의
연주를 하고

낮에는
꽃잎을 다물어
자신보다 돋보이려는 이들에게
미련도 없이 양보의
미덕을 간직한
마음

밤마다
그녀를
가까이서 취하지 않을 수
없는

행운목 꽃향기

응축의 힘

오월의 푸른 하늘 아래
활활 타오르는 불꽃 천지

드넓은 평원과 사면이
참았던 울분을 한꺼번에 발산하는
용트림

스치는 바람에도
흐르는 구름에도
흔들리며
기도하면서
숨죽여 일 년을 기다리던
그들이 내지르는 뜨거운 함성이다

거대한 권력들의 틈 사이
키가 작다고
힘이 없다고
주눅이 들고

소외되어 살아온 그들이
뭉친 강력한 힘의
소용돌이다

고단한 삶을
한꺼번에 털어 내는
핵폭발

황매산 철쭉

복수초

마음이 굳어진 몸을
부드럽게 하려고
산에 계시는 부처님께 절하러 간다

나를 멈추고
무릎을 꿇어 몸을 낮춘다
겨울인데 땀이 나고
내 몸에 스며든 한 줄기 바람이 나를
인도한다

산모퉁이를 돌아보니
얼음도 가기 전에
복수초 여린 꽃잎들
눈 속에서도 땅을 밀고 올라와
노오랗게 웃고 있다

안으로 모아지는
내밀한 고독에

아프고 힘들만도 한데
한 줌 햇살에도
이렇게 환한 얼굴의 여유

몸을 낮추어 들여다보니
주름진 나도
꽃이 피고 있음을 느낀다

인근 나뭇가지에 앉은 새 한 마리
포로롱 날아간다
바람이 불어
생각의 산소가 공급되고

내가
가야 할 길이 열려 있다.

미시적 매력

경칩驚蟄이 머물던 자리에
아직도 송곳 바람이 서성이는
이른 봄

아침 햇살이
창문을 두드려 밖을 보니
“봄날이다”
숨어서 속삭이는 소리

얼굴도 드러내지 않는
부끄러워하면서도
불쑥 찾은 방문객을 소리 없이 맞이하는
인정人情

보일락 말락
작은 몸매의
맑은 향기로

허기진 벌을 꼬이게 하는
프로 선수들

철따라 화장하는
아름다운 꽃들의 눈길도 버린
화단 울타리에도 만족한
그들

이 땅의
당당한 일원으로 지구를 구성하는
뿌리
뿌리
화양목 그 꽃

나는 자유다

겨울이
휘두르던 속박 얼음이
기가 죽었다

정릉천
계곡 물소리에 봄이
걸어 나온다

신이 난
물이 졸졸졸 때론
하얀 폭포로 자랑하며 춤을 춘다

얽매인 것에서
자유를 찾은 기지개
경쾌하고 사뿐한 추임새

햇볕을
친구로 맞은 팔각정자

청수정이 졸고
움츠리고 있던 사람들 얼굴에도
웃음꽃이 피었다
우듬지는 아직
잠자고 있지만 모두가
합창이다

봄의 외침
움직이고 숨 쉴 권리
설령 그것이 불청객인 미세먼지에
불편할지라도

봄이 오는 길목

봄은
강물이 띄운 금실 햇살에
우수雨水의 연인으로 오는가 보다

인상파의 점묘법에 윤슬이 일고
노랑부리 백로가
길게 목을 빼고 있는 강물에는
아이들 자전거가 봄을 굴린다

가기 싫어
미적대던 겨울이 귀가 가려워
몸 뒤척이며
얼음을 게워내는데
양지쪽 쑥들이 목을 빼고 눈치를 본다

내 체내에도
샘물 쏟듯 봄이 오는가

메마르던 감정의 나무에도 물이
오르는가

돌이 된 내 몸에도
부드러운 흙에 씨앗을 심는
감정의 새싹이 돋아나려 한다
내재된 생각의 꽃

보드라운 젖가슴 같은
마음의 봄밭에 생명의 선물
시詩를 뿌리고 싶다

세상이
따뜻한 가슴으로
피어나기를

노랑제비꽃

도봉산 양지
샛노란 제비꽃이 꽃샘바람에도
한 줌 햇살에
부끄러운 듯 혼자
웃고 있습니다

다섯 장 꽃잎의
순수함이 지쳐 처연하고
가녀린 몸으로
환생의 봄을
새롭게 펼치고 있네요

긴 겨울의 고통을
온몸으로
온몸으로
밀고 나와서
눈에 보이는 아름다움이

전부는 아니라는 걸 이해理解하라고
말을 하지요

세상에
모습을 드러내기까지는
죽을 만큼 아프고
외롭게 견딘 시간을
사랑했다고

개별꽃 연가

영하의 얼음에서
쥐 죽은 듯 숨어 지내다가
봄이 왔다고
제 세상 왔다고 자랑하는

강화 고려산
능선마다 눈이 부신 진달래
산 벚꽃 무리들의 봄 축제가
뜨거운데
천진한 웃음에
옹알이하는 아기 꽃들
소박한 옷에 새하얀 춤사위다

다섯 꽃잎
여린 얼굴에
파릇하게 돋아나는 개별꽃 친구들

허리를 굽혀
자세히 보아야만 보이는
작은 몸 어디에서
겨울을 밀어내고
세상을 가꾸는 힘을 가졌을까

미세먼지 세상에
순백의 마음들이
부끄러운 영혼은 되지 말자는
앙증맞은 기개氣槪와
자부심으로
자신들의 존재를 알리는

순수의 상징들

2월

나무들도
설 명절을 즐기나 보다
저마다의 유전자로
윤슬처럼 전해오는 봄의 향수를
즐기는 걸 보면

실개천의
버들강아지도 기지개를 켜고
길옆 개나리도 실눈으로
눈치를 보고 있다

겨우내 떨며 인내하던 생명들
비워 두었던
자신의 몸을
하루가 다르게 부풀어 올리며
벙글 준비다

하지만
아직은 잠에서 깨어나
봄과 술래잡기하는 매화도
자신의 마음을 우듬지로
다독인다

2월은
내일의 봄을 준비하는

생명의 응집소

제2부

나무도 시詩를 쓴다

계곡의 교향곡

염천의 계절
계곡에 무더위를 담근다

형체도
향기도 없는 물이
실개천의 바위와 돌을
감고 도는 길

종일 쉬지도 않고
낮은 곳을 찾는 겸손이
졸졸졸

얼마를 더 흘러가야
길이 보이는지 알지는 못해도
부지런한 연주가
버들치들을 불러 모아
어울림의 터전

생명의 길로
그들의 천국을 지어 준다

바깥세상에
한눈팔지 않고
타는 목마름에 골고루 보시하는
비움의 만족 그게 바로
자신들이 터득한 사랑의 방정식

그들은
그게 행복임을
알고 있다.

농촌 추억

한여름 매미가
끝도 없이 사랑을 갈구하던
저녁

하루 종일
무논에서 벼 사이 잡초 제거로
허기진 배를 채우려
보리밥 한 그릇
알싸하고 싱싱한 풋고추에 강된장 푹 찍어
한입 넘기고
찬물 한 그릇 비우면
목까지
충만의 행복이 차오르던 시절

개구리들 합창이
자장가로 울리고
모기들 등쌀에도
몸 보시하면서

꿈속으로 떨어지던 그때

세상모르고
아이들 잠든 위로
둥근달이 빙그레 웃으며 내려와
이불을 덮어 주었지

친근한 달빛에
들판의 벼들도 웃으며
잠 들었지.

백년의 의자

흰 머리 화관
조팝나무 무리들이 졸고 있는 오후의 봄날
한강 천변 의자는
오가는 사람들 표정을 살핀다

흐르는 강물에 홀로
타는 그리움이 몰려와
피곤이 무게를 더하면 부담 없이
쉬어 가라고

버들강아지 사이
사랑놀이 하는 잉어들의 유희를 보면서
먼저 다가와
사람들의 마음을 읽는다

빈 공간에
나를 버리고 언제나
허허로운 사연들을 말없이 보듬는

따뜻한 상담사

저물녘
강 건너 풍경 속으로 떠나는
열차의 젖은 소리와
알싸한 봄의 정취도
노을 따라
자신의 무게를 거두어들일 때
그때 알게 된다
충분히 그리워지는 게
있다는 것을

따뜻한 의자가
주는
편안한 안식처

내 보금자리

유전자의 길

이것은 살아 있는 자의
아픈 운명이다

터질 듯 포장된 풍만한 몸에
달콤한 향으로
뭇 생명들을 유혹하는 처세는

이른 봄부터
순백한 향기를 더해
배꼽이 아파서 배꽃으로 태어난
그것으로도 부족하여
한 여름의 햇살과 땅의 기운을 저장하며
죽을힘을 다해 우듬지에 매달려
사정을 해야 했다

새들과 천둥
바람과 구름을 아우르며

온갖 유혹의 침입자를 막고
내면에는 달콤한 영양제 가득 채워
세상에 표출한 마지막 열정

결국은 자신을 허물어
영원히 살기 위한
단 하나의 선택이었다

시간의 배를 저어
내일의 저편에서 유전자와
나누고 싶은
이야기
한 마디를 위하여.

피서

청명한
하늘보다 진한 여름

푸르다 못해
검은 빛으로 무장한
나무들의 함성

아폴론이 다프네를
무섭게 연모한 탓이다

돌돌돌
개울물이
돌과 합세하여 부르는 노래

피라미와
버들치들이 점령한 그들의 천국

첨벙!!!
발을 담갔을 뿐인데
중복의 더위가
떠내려가고 있다.

동행

북한산 둘레길에
연륜이 새겨진 노부부
오르막을 오르다 임자 없는 두 개의 긴 의자에서
숨 고르기 중이다

부인이 남편에게
다른 사람 앉게 의자 하나 비우라 하니
말없이 동의하는 어르신의 배려
한겨울이 따뜻하다

팍팍했던 삶에
힘 모아 여기까지 80 평생 오는 길
다른 길이 있어도
비바람 천둥에도
오직 한 길만 보며
한 발 한 발 마음을 적립하며 걸으면서
세상을 관조하는 여유로

후반전엔 건강을 담보로 함께
등산도 하시는
그들은
우리 곁을 지키는 노거수

우리네 황토 빛 헐벗었던 강산을
지극정성으로 보듬고
아픈 상처 다스리며 다독여 온
지난 시간 동안
어느덧 아름드리나무로 자란
늘 푸른 향기의 숲

두 어르신

고향 풍경

귀뚜라미가 몰고 온 기온 탓에
누웠던 가을이
일어나 앉는다

모처럼 찾아갔더니
집들은 산뜻하게 단장되었는데
개구쟁이 아이들은 보이지 않고
동네 어귀에서 빨갛게 상기된 사과들이
색다른 환영 인사다

동네 가운데
어렸을 때 오르며
함께 놀던 오백년 큰 느티나무는
아침저녁으로 안부 전하던
정겹던 사람들이
그립고 외로워서 오늘도
길게 목을 빼고 시무룩하게 서 있다

하나 둘 떠나간
친구들 목소리가 오늘도
아지랑이를 따라
등 너머 오는 듯 지난 시간이
아쉬운
등 굽은 어르신들

넓은 집 마당에는
무릎까지 차오른
잡초도
이제는 함께 살아가는 친구가 된다.

나무도 시詩를 쓴다

산山은
자연이 설립한 지혜의 도서관

봄여름을 뜨거운 열정으로 길러낸 햇살이
바위에 걸터앉아 휴식을 취하고
나무들이 둘러앉아 가을이란 책을 읽는 중이다

온 여름
땀 흘려 도토리 생산을 끝낸 참나무에
다람쥐 청솔모가 큰절 올리고
팥배나무는 알알이 익은 분신을
배경으로 가을 풍경을 담아내는데
잠자던 까마귀
갑자기 불어온 바람에 으악으악 소리치며 나르샤
놀란 단풍들 우수수 지는데도
늘 푸른 소나무는 독서 삼매경이다

억새가
비단결 흰 머리로 상좌를 차지해
물결 파도로 흥을 돋우고
계절을 노래한 단풍나무도
자신이 쓴 명함을 책갈피에 끼워 넣는다

초목들은
삶의 방정식을 풀어내는 혜안의 소유자

생각이 있어, 때를 알고
외부의 민감한 자극에도
세상을 해석하고
각자 상상의 색깔로

생존의 시詩를 쓴다.

내 몸의 혈맥

벚꽃이 눈이 된 에움길을 걸어
먼저 간 선인들의 발 길이를 재어 본다

거란의 십만 적병 물리친
강감찬 장군의 낙성대
관악산 숲속 한국의 영재들이 밤을 밝히는
서울대를 돌아서
삼성산 천주교 성인들을 새겨 보고

조선 초
범의 기상을 제압하는 호압사
당나라를 물리친
호암산성과 한우물의 돌계단 하나도
그냥 지나칠 수 없는
이 땅 어느 곳도 켜켜이 쌓여진 역사의 흔적이
오늘
우리 삶의 뿌리였느니

한 끼의 쌀밥
한 조각의 김치에서
이어진 정신
생활 방식과 내 몸의 생채기까지

혈맥이 된 것을

아리고 삼삼하다

한 그루의 작물도
수확하기까지는
몇 날 몇 달 아기를 안고
사랑을 쏟듯
따뜻한 온기로 생명을 불어넣고
정성을 심어야 한다

그런데
발아된 생명을 가꾸고
다듬기 위한 도구 그 도구를
잃어버렸다

어디로 갔는지
안경으로 살피고 생각을 더해도
흔적도 없다
이제는 어디서도 구할 수 없는

표현하지 않는

짝사랑은 혼자 가슴만 태우는 것
마음의 편린 한 조각도
전하지 못한 게 원인인 게지

손잡고
다독이면서 함께 가야 하는데

시詩가
여물도록 가꾸는
푸르른 정원

잡초도
있을 땐 몰랐는데
멀리 떠나 버린
그녀가 못내 아리고
삼삼하다.

둘레길 공감

삶이란
자신을 이겨온 땀의 결정체

태양과 소나기
번갈아 변죽을 울리는 대서에 걷는
서울 둘레길은 인생의 굴곡진 구비길

두 발로 오르내리는 고행은
심신의 무게를 덜어내는 길인데
길가의 비비추도
태양의 응원에
자주색 꽃으로 길을 밝힌다

범의 기상을 누른다는 호압사
약사전을 참배하는 나그네가
소나무 그늘로 오르자
시원하게 보시하는 바람이

마구 찌든 이승의 욕심을 훌훌 털어 날리는데
산비둘기도
가벼워진 육신을 다독이고

몸을 비워낸
석간수 한 모금이 발아한
무념무상의 공간 속
끝없이 펼쳐진 둘레길

걸음이 날개다.

제3부

존재 이유

망우 인문학 길

살아간다는 건
길 없는 길 찾아가는 구름같이
시간 따라서 흐르는 물 같은 것

청춘은 봄의 향기와
달콤한 과일의 풍요로운 기쁨을
안겨주는 계절로
아름다웠으나 짧은 시간이었고
늦가을은
찬 서리가 아름답던 단풍을 모두
가지고 가 버린 빈 공간을 제공하는데

여기 숲속 봉분은
이승의 번뇌와 욕심을 내려놓은
편안한 보금자리

햇살도 찾아와 머물고
까치와 산새도 와서 노래 부르며

다람쥐 고라니가 이따금씩 찾아와
문안드리는
외로울 틈이 없는 곳

방정환 최신복은
동시를 짓고
박인환 김상용 최학송 계용묵이 모여 앉아
문장을 새기는
문인들의 안식처

오늘도 건강과 휴식을 위해
숲속을 탐방하는 사람들에게
근심 없는 행복을 주려고
태조 이성계가 창작한 명문지명
망우리 동산

모두를 품어 안은
산山이 바쁘다.

그해 여름

연일 계속 내린 노여움

신림동 저지대
반 지하실에 들이닥친 물

소리 한 번 지를 틈 주지 않고
귀한 생명을 앗아갔다

영혼이 따뜻한
어린 딸을 위해
어렵게 구입한 새 침대도
들여놓았는데
잠시의 그 기쁨도
빼앗아 간 수마

입원한 할머니께
산책도 하시고 밥도 잘 드시고

건강하시라고 문자도 보낸
손녀

한 줌 햇볕도 그리운 숨 한 번
크게 쉬지 못한 곳
어둠의 계단 끝내 탈출하지 못한
가난

울음조차
거두어 가다.

변명

버들치가
빗장을 푼 얕은 물에
자잘한 모래들이 숨바꼭질하듯
집단으로 굴러간다

폭포수가
산을 흔들고
계곡물이 몸을 낮추면서 함께
여행하는 그들

산허리에
우뚝 선 바위가 풍설에
잘게 부서져 내린 입자들

시간을
나누고 쪼개서
자신의 분신들을 그렇게 보낼 때

여행하는 즐거움에
부모의 몸이 삭아져 작아지고 있음을
모르다가

불타는 노을의
강물에 이를 때 작아진
자신의 모습에서 비로소 그리운 고향
부모의 모습을 그리며

뒤돌아본다.

소[牛]도 은혜를 안다

생명의 젖줄
푸르던 황강이 수십 년 만의 대홍수
성난 황톳물로 변했다

평온하던 들판의
논과 밭
집들과
가축들
모두 수마에 휩쓸려가고

거센 물살에
황소도 역부족이었다
머리만 물 위에 내어 놓은 채
이백 리 생사를 넘나들며 떠내려가다가
기진맥진한 몸으로 포기하지 않고
지옥의 문을 탈출해 나온
삶에 대한 집념과 의지를

어찌 짐승의 머리라 할 수 있겠는가

범에게 물려가도
정신만 차리라고 하는데
우직한 뚝심으로 살아난 황소가
자신이 살던 집을
찾아왔다

죽음이 드리우는
검게 친 장벽에도
자신을 키워 준 은혜를 못 잊어
몇 날을 걸어서 주인을
찾아온 은공의 길

새삼 느껴지는
사람의 도리

비닐하우스

하늘이
무너져 내렸다

저들끼리
재잘거리며 꽃 축제를 열다가
갑자기 노오랗게 질려
눈동자가 풀렸다

지난 가을
햇살이 한 뼘씩 지쳐 들 때부터
맘까지 보태 정성을 쏟은 생명들

매몰찬 바람도 여기
찾아와선 울음을 보탰다

노지의 생명은
바람을 탓하지 않지만

온실의 초록들에게
태풍과 설해는
생사의 담금질인 것을

휘어진 지붕
무너진 폐자재
겨울은 모질게도 짓궂어
마음까지 얼게 했다

망연자실茫然自失
그 이름에 밥이
목구멍을 맴돌았다.

존재 이유

능선에 위치했던 바위가
풀지 못한 슬픔으로
녹아내렸다

어느 날 바람이
자신을 흘겨보고 갑자기 구름을 몰고 와
천둥으로 울릴 때
초연하던 자신도
녹이 슬고 있다는 걸 알았다

비록 척박하지만
한때는
나무와 풀도 품어 안아 보살피고
존재의 위치를 확인했는데

그에게도 전해주는
귀가 있고 눈이 있어
자신을 흔드는 감정이 참을 수 없는 충동으로

폭발할 때
그때 가슴이 무너져 내린다
사정없이

그 때문에
길이 막히고 물이 넘쳐
몸살이 났다

자신의 위치를 정할 수 없는
안타까운 생각의 파편들이
숲속의 햇살같이 어두움으로 파묻히면
대책이 없다

존재하는 이유
그게 없으면 바위도
쓰러지는 것이다.

극기 훈련

한여름
더위를 이기는 방법으로는
산이 제격이다

마음이
쉬고 싶은 육신을 다독여
한 발 한 발 위로 전진 또 전진이다
인내를 시험하고 자신을 극복하기 위한 도전

땀으로 온몸을 적시고 나면
바람이 찾아와 더위를 저만큼 몰고 간다

오르다 보면
물소리 새소리 바람까지 곁들여 응원을 하고
바위 절벽 오르는 길은
온 정신을 집중해야 하는 시간

몸과 마음이 서로 의지하고 인도하여

정상에 오르기까지
육신의 고통
마음의 짐
모두 잊어버리는 과정을 겪고 나면

내려다보이는
세상은 무아지경에 파묻힌
한 폭의 그림

욕심도 근심도 모두 비우는
신선의 경지

인내심으로
몸을 이기고

자신을 이기는 수단

그것 참

실제로 소비된 중심 부재 상황극이다

12월 밤
불을 끄고 불면의 자리에 들었는데
얼굴로 돌진하는 웽! 하는 소리

불을 켜니
어디에 숨었는지 상황이 중지되네

여름 호시절 마다하고
환경의 역경도 뛰어넘은 탁월한 능력이지만
여기는 전쟁터
끈질김의 대결장

눈 붙이려 동작 그만 했는데
먹이 찾아 나선 허기진 또 그 소리

불을 켜고 보니

오금이 저려 바짝 얼어붙은 그놈을
모기채로 한 방에 탁!
천당행 직행열차를 태웠지

그러고 생각하니
이 겨울에 힘도 없는 작은 놈과 전쟁을 벌인
체면이
구겨진 휴지 같은 기분

저도
하늘 아래 같이 사는 생명인데
보시나 하고 보낼 걸

누구에겐 나도
어느 순간 얄미운 밉상이었는지도
모르는데

솔향기 길

한때 그곳은
갈매기도 철새도 머물지 못하고
조개들도 숨을 할딱이다가
빈 껍질만 남기고 유조선 기름덩이만
지배하던 곳

삶의 전설이
떠난 그곳에도 정성을 다한
구원의 손길에 시간을 더한 숱한 바람과
정감 어린 햇살이 내려와 앉았고
하얀 마음을 잃어 서럽게 울던 파도,
꿈을 잊었던 모래도 오랜 침묵 끝에
웃음을 찾았다

바닷물이
저만치 물러난 손바닥 웅덩이에
손톱만한 게 한 마리
재빨리 돌이 되어 보이는 작은 생명체도

숨 쉬는 자의 본능을 적응하기 위해
시간은 또
그렇게 아파야 했다

파도가
절벽에 하얀 보석을 쏟아내자
소나무가 덩실 덩실 춤을 추며
해당화의 붉은 정열에 까치수영도
웃고 있는 곳
인기척에 놀란 고라니 한 마리가 화들짝
하늘 높이 솟아오르는

푸른 창공
푸른 바다
푸른 마음을 담아내는
솔향기 길은
꿈의 공간 생명의 길

9월

똑 또르르
도토리가 가을을 불러옵니다

옆에 서 있던 밤나무도
알밤 여럿 내어 놓아
이웃 간에 정을 나누는 성찬입니다

파란 하늘이
솜털구름 한 점 그리자
부끄러움 타던
사과도 홍조를 띄우고
들판에서 놀던 벼들도 노오랗게
고개 숙여 인사합니다

뜨겁던 여름에
부지런했던 노력들이
선물한 여유들

앙증맞은 다람쥐
청설모의 입에 가득
풍요로운 가을의 미소입니다

드높은 하늘
어머니 계신 곳
구절초도 함께 날개를 펴고
앉았습니다.

사모곡

유년기
어머니에 대한 기억들은 지금도
가슴속 탱자 가시다

피 끓는 청년이던 아버지는
하늘도 얼음이 박힌 날
네 살 철부지 삼형제를 둔 채 갑자기
그믐달이 되시고
청춘을 잃은 어머니는
폭풍우 속 남겨진 어린 분신들을 위해
어두운 밤에 자신을 태우는
촛불이 되셨다

한겨울
떨고 있는 어린 분신들 위해
눈발 쏟아지는 산에서 무거운 생솔가지를
엎어지고 쓰러지면서 머리에 이고 와
얼어붙은 손으로 불을 지펴

따뜻한 온돌이 되셨고

한여름
마당에서 넘어져 부러진
여덟 살 아들 다리를 고치고자
삼십 리 넘는 자갈길을 등에 업고 걸어서
병원으로 향했던 모정

설날
옥양목 천으로
10살 아들 두루마기에다
9살 6살의 한복을 지어 입히기 위해
몇 날 밤을 뜬 눈으로 새우시던
사랑의 징표들

마음은 울어도
자식들에겐 힘든 내색도 없던
연약했지만 가족을 보호하는 강인한

울타리였다

그렇게
먼 길을 홀로 걸어오신
어머니가
한 생의 고단한 짐 훌훌 내려놓으시려고
아들 손을 잡으시며
청정한 밤의 별이 되신

그 가없는 사랑

제4부

단풍의 잔상殘像

단풍의 잔상殘像

멀어져 가는 시간 속
소실점에서
동여맨 옷을 벗고 있다

존재하는 이치를
깨닫는 순간의 젖은 생각들

아침 해처럼
생의 환희로 발화했다가
떠나야 할 때를
더 깊게 고뇌하는

스스로 그린 풍경화
단풍축제를
마지막 한 조각도 남김없이
울음으로 거두고

해탈의 길에 선

처연한 낙엽들

식탁론

오랜만에
아이들과 함께 둘러앉은
밥상머리
평소에 못 보았던
떡볶이 통닭 과일이 모였다

색다른 향기를 맛본 식탁이
춤을 추었고
공부에 시달리던 초생달 얼굴이
보름달이 되었다

각자 직장으로 학교로
가던 시간이 달라서
밥 한 번 함께할 수도 없는 때
모처럼 모이면
로즈마리의 꽃이 핀다

밥 한 공기가 모이면
따스한 정이
모락모락 오르고
사랑과 그리움이
소복소복 쌓여서

함께하는 정감이
행복으로 익는다.

가을이 우는 소리

11월 초하루
달력 한 장도 떨어지고 나자
겨울을 몰고 오는 비가
구멍 뚫린 시간 사이로 흘러내려요

손님도 없는
재래시장 난전
유리창 밖으로 나가는 시선이
스산한 비에 젖어요

단풍이 지는 나무들이
울음 머금고
떨고 있는 모습 보이지요
고요가 곧
허물어질 듯한

매달리는 건

낙엽들 마음 한 잎뿐일까요

비움의 과정이
미래를 위한 아픔이란 걸
알고는 있지만

시간의 얼룩에 생기를 잃은 나무들이
붉게 눈물짓는
이 소리가 들리나요.

어떤 깨달음

가부좌한 바위와
숲을 흔들던 바람도
사색에 잠긴
관음암 가는 길

평지에서 산 능선까지
사람 어깨에 불탑이 앉아서
가고 있다

삼층탑
초파일에 공양할 물건들

혼자
무거운 짐 지고서
힘들게 오르는 도반

옮겨지는

발자국마다 울려지는
거친 숨소리는
아픈 번뇌
모두 녹여낸
간절한 구도의 목탁소리

육신은 고행이나
마음은 이미
상구보리上求菩提

빗물도 눈물이 되어

하늘도 울었다
길을 적시고 땅도 울었다

이십대 젊은 청춘이 홀로
어린 아들 삼형제를
자신의 목숨보다 더 소중하게 가꾸어 오신
거룩하신 모정
이제는
일찍 가신 아버지 곁에서
마음 놓고 지내시게 되었다

일생을
달빛조차 올려다볼 여유도 없이
온몸이 휘도록 분주하게
눈물 반 염원 반 섞어서 지내오시다
장성한 아들 손자들 보시고
생의 의무를 다 하신 듯

훨훨 날아가신

오늘 황금 들판 위로
흘러가는 구름도
불어오는 바람의 향기도
마음껏 맛보시고 조용히 잠 드신
어머니

이승의
아픈 기억일랑 훌훌 털어
잊으시고

소나무들
굽어보는 선영에서 편히
잠드소서.

수락산

햇살에
감춰진 사과들이
얼굴을 붉히기 시작한 초가을

숲의 속살에
깊게 숨겨둔 수십 길 폭포에서
보석들의 환호가 온 산을
뒤덮는데

오랜
가뭄 끝에 산이 빚어낸
명경지수에
정신을 놓은 사람들
잠자는 시간도 아쉬워
허위 대며 살아온
숱한 시간 동안 쌓아 온
무수한 번민을

오늘 여기 옥류수에 씻겨내어

생동하는 기운
원 없이
새롭게 충전한다.

시詩 농사

주말 농장에
강낭콩
시를 심었다

연두 잎이 귀여워
매일 매일 들여다보고
마음을 주었더니
땅의 기운과
햇볕의 작품으로 보답이나 하듯
착실하게 자라서
한 알 한 알 통통하게
꼬투리 열매를 달았는데

때 이른 장마에
무논으로 변한 현장
수확의 때를 놓쳐
숨을 못 쉰 그들은 그만

맥을 놓았다

날씨를 예측 못한
농부의 착오에 영영 날아가 버린
컴퓨터 화면

바래진 책갈피

도토리가 가을을 물고
떨어진다

한여름의
시간을 알차게 적립하던 나무들
분신들 양육에
뒤돌아볼 틈도 없었는데

서리 내린 새벽에야
자신의 꿈을 새겨보지만 어느덧
흰머리

노을 앞에서
한 잎 두 잎 이별의 손 흔들며 흩어지는
고운 단풍들

무거운 짐 벗어던진

후련함에도
소환된 빈 둥지

추억의
긴 여운

환희의 고통

하늘에 먹구름이 일더니
갑자기 폭포수가 쏟아져 내린다
삽시간에 계곡물이 넘쳐 건널 수가 없다
번개와 천둥까지 동반하면서

수십 번 도강을 시도하다
기력이 다하여 쓰러질 듯한데
폭풍우가 멈추지 않는다

농익은 참외 한 개의 위력
200그램도 안 되는 체급이
며칠 동안 날린 펀치로
마침내 60kg 체급을 한방에 굴복시킨다

쓰러지면서
정신을 잃고 몸이 그려낸 그림 한 점
머리에는 붉은 꽃을 피우고

입술도 같은 물감으로 새롭게 그려낸
행위예술이 전개된다

식 중독

망가져 본 사람만 아는
KO 펀치의 환희
그 고통

10월

가을 축제로
늦잠에서 깨어난
나무들
그림자 길게 늘어진 사이

서늘한 바람이
주홍 단풍나무에 내려앉으며
가을을 몰고 왔다

한여름 허공에
경쟁하듯 성장하던 나무들
10월이 되자
각자 개성대로 열정의 무대를 열어
마지막 불꽃의
황홀한 축제 경연을 펼치고 난 후
피곤한 몸으로
추억을 삼키며 바래진 옷들을

내려놓고 있다

낙엽 지는 소리

자세히 보니
흘려보낸
나의 시간이었다.

유유자적

늦가을
햇살도 등진 외진 길 모퉁이
한로寒露 절기에
연보라 꽃이 올망졸망 모였네

봄여름 넉넉한 지원도
사양하고
이제야 드러낸 얼굴들
찬 이슬 머금은 애잔함이 오히려
정겹게 보이네

단풍으로 물든 이 가을
늦게라도
자신만의 향기를 엮어내는
지혜로운 삶
내면의 마음 꽃 피우는
충실한 표현

오늘도
허기진 꿀벌들이 찾아오면
가진 것 나누면서 친구가 되는
그걸로 만족할 줄 아는
저 넉넉한
마음의 여유

꽃 향유의 매력

제5부

시간의 추억

시간의 추억

겨울바람이
낙엽 진 마음을
그리움이 익어가는 곳으로
밀고 갔다

초옥 삼간에
고물고물한 삼형제가 시린 손 녹이려
구들목 온기 찾아
한 이불 속으로 파고들던 그곳

어머니의 정성이 발효된
햇볕이 내려 앉아 웃던 장독대
그 된장국에다
새벽
샘물 머리에 이고 와
매운 솔가지로 지은
김 오르는 보리밥을

넷이 둘러앉아 열심히 숟가락질 했는데

지금은
따스한 온기에
미소 가득하시던 어머니도 가시고
어린 형제들도
소꿉친구들도
객지로 날아간 지 수십 년에
집은
간데없이 허물어져 잔설만 남은
빈터

다시 찾은 고향은
아직도
유년을 보듬고 있는데.

생의 그림자

명성산에 한겨울 북풍이 덮친다
억새 무리들
하얀 머리도 벗겨진 채
온몸을 부르르 떨면서
쓰러질 듯 버티고 서 있다

젊은 시절
한 생의 넘치던 기운
모두 쏟아내어
온 정성으로 키워낸 분신들이
모두 날아가도
묵언默言인 그들의 모습

자식들
좋은 터에 안정하라는 당부와 함께
노쇠한 몸에
한 점 눈물도 말라 버린

이 겨울의 한기寒氣

따스한 봄
그 인고의 시간을 기다리는
농촌
고향을 지키며 살아온 등 굽은
어버이들의 처연한
그 뒷모습

출근 전쟁

먹어도 먹어도
허기진 동굴 속으로
파도가 숨 가쁘게 밀려오고
또 밀려가는 출근시간

객실은
용수철이 터지고
정지된 30초
콩나물시루에서 터지는 다급한 목소리
잠시만 요!
내릴 곳을 지나치면 하루를 지각해야 하는
절박함

또 다른 전쟁터
환승역 통로
다음 연결된 차를 타기 위한
거대한 용틀임

계단과 에스컬레이터는
인파로 물결치고

하루하루의 생활은
어느새 일상으로 굳어진
하루하루의 생활은
가족의 얼굴과
일터의 피곤함이 교차되는 이중주

서울 지하철
지하철 반세기 역사는
그들의 어깨에 의해 오늘도
적립된다.

소나무

척박한 바위 등에 앉아 있는
등 굽은 노인이
봄 향기를 그리워하고 있다

몸에는 여기저기
삭아진 상처
깊은 보굿이
적립된 시간을 증언한다

일제부터
보릿고개
배고픔이 일상이던 어린 시절을
보내고
이제 살 만하니 몸은 이미
고목이다

태풍과 비바람에

부러질지언정 휘어지지 않는
꼿꼿한 성격으로
분신을 길러 오면서
오늘도 산새들 보듬고 안은
자애

이 땅을 지켜온
어머니들의 모습

윤회輪廻

봄을 안고 온 비가
넘치게 축복한 산 중턱

살아 있는 식물들은 이른 봄
잠에서 깨어
새싹을 올리고 꽃으로 삶을 노래하는데
아름드리나무가
제 몸을 가누지 못하고 누워 있다

쓰러진 몸에서는
억척스럽게 버섯들이 돋아나고
어미에서 발아된 작은 나무들은
한 줌의 햇살도 아쉬운 듯
하늘을 향하여 몸부림이다

거친 바다에서
거슬러 올라온 연어가 알을 낳고 죽어서

자신의 분신들 먹이로 보시하듯

누군가는
생을 마감하고
바로 옆에는
새 생명이 태어나는
산은
모든 걸 품어 안은 평온한 일상

태양은
오늘 하루도
숨 가쁘게 달려와 노을을
채색한다.

이담이 첫돌

삼십여 년 동안
꿈의 보금자리에
한 줄기 햇살이 늘 그리웠다

그러던 일 년 전
새 생명들이 탄생의 신호를 올리는
축복의 봄에
방긋이 빛나는 태양이 찾아들었다

한순간에
온 세상이 밝게 빛났다
너로 하여
온 집안에
웃음꽃이 활짝 피었다

오늘은
귀여운 보석 이담이가

소중한 가족으로 찾아온 지
한 해가 되는 소중한 날

무럭무럭 잘 자라서
세상을 환하게 비추는 태양이 되어라
건강하고 행복하고
아름답게 잘 살아라

우리 가족 품에 안긴
고맙고 기쁘고 귀한 내 손주

너의 첫 생일잔치
풍요로운 가을 들판의
잘 익은 사과, 황금 배
수확의 기쁨이다.

건강진단

나무 진단 청진기 소리
톡 톡톡톡 톡톡

한겨울에 새 한 마리가
나무들의 품속을 풀어 헤치고
가슴을 비집고 더듬으며 시간에
매달려 있다

자신의 머리로 가락을 울리면
나무들이 화답하고 산이 운율로 메아리치는
나무들의 슈바이처

한 끼의 밥을 구하는 일은
고된 노동의 결과물

어느 생명은 먹어야 하고
어느 생명은 살기 위해 숨어야 하는 운명에

어김없이 찾아내야 하는 일

거기엔
아카시아 향기
팥배나무의 붉은 열매에다 불볕과 폭설
비바람과 새소리도 함께 시간을
저금한 것

이 시간에도
상생과 생존의 일터
그 흔적을 찾아
적막한 산속 나무들의 건강을
진단하고 있는

딱따구리의 화음들

나무도 가끔은
기원祈願을 한다

엄동설한에
묵은 때를 훌훌 벗어던지고
참선에 든 나무들

봄이 온다는 몸부림
입춘 추위에
자라목이 된 몸에도 가끔은
밤하늘의 별을 매달고 싶을 때가
있다
그럴 때가 있다

깡마른 몸매에
알알이 빚은 하늘의 선물로
환희의 웃음을 지을

빗. 방. 울.

얼마나

마음이 비어 있으면 우듬지마다
반짝 반짝
보석을 매달고 있을까

온 겨울
봄의 향취를
기다리는 간절함

나무도 가끔
자신의 몸에
영롱한 별을 매달고 싶을
때가 있다.

반란은 시작됐다

쾌청한 아침에
병원 가는 날

버스에 올라 마스크를 쓰고
거리를 돌아보니
푸른 숲은 여전한데
구절초는 피고

승용차도, 버스도, 사람도
가을 철새가 저수지를 찾아가듯
앞만 보고 날아가고

신호등 바뀌고
멈춰선 사람들
비로소 주위를 돌아본다

바쁘다

너도, 나도, 모두가 바쁘다
그런데
멈춰야 보이는 게 있다
병원 접수창구의 호출 대기
그리고 MRI와 CT 촬영

병원에 와서 깨닫는
삶의 기본

두 발로 걷는 것

출구

천둥이 치자
쏟아지는 비바람에
언덕 위에 서 있던 소나무 허리가 꺾이고
아래로 맥없이 쓰러졌다

너무 많은 가지를 움켜쥐고 있던
욕심이 탈이었을까

아니면
먹을 것도 부족해서 허기진 바위가
무거운 짐을 벗으려
뇌우雷雨를 불렀는지도 알 수 없다

소나무 자존심이
부드럽게 휘청거리기라도 했더라면

부러질지언정

휘어지지 않은 사육신의 기개를 닮은 것인가

기를 쓰고 살아온 날들이 한 순간에
날아가 버린 현장이지만
죽어도 나무의 제왕인 소나무이거늘

바위도 때로는
목이 마르나 보다.

하심下心

늦가을 햇살에
나무들이
묵은 정을 정리하고 있다

자신들의 몸을
개성대로 한껏
화려하게 불꽃 팡파르 올리고 나서
스스로 욕심을 비우며
내일을 위해
내려앉는 11월의 낙엽들

한 생의
번뇌와 갈등
따뜻한 사랑과 애증의
뜨거운 청춘을 불사르다 해탈한
진한 사연의 비망록
가슴에 묻고

자리를 비워

열반에 드는

초록 동산

한겨울 온기도 없는 방에
13세와 62세 부자父子가 체온을 합쳐서
살아가는 집에
오랫동안 병든 아버지가 세상을 떠나면
혼자 남겨질까 두려운 초등생이 살고 있다

어릴 때 하늘로 떠난
엄마 대신에 아버지를 도우려
마른 빨래도 아이 혼자 걷어서
가지런히 옷장에 넣고 학교에 다녀오다가
사무치게 그리운 엄마 찾아갔는데

멀고 먼 월남 땅에서 시집온 지
얼마 안 된 젊은 나이에
어린 아기 두고 병마로 세상을 버린
엄마 무덤가에 한참 있다가
수북하게 떨어진 낙엽을 쓸어내고서

쓸쓸한 마음 추스르며
집에 왔는데 영문도 모르는 아버지가
왜 이리 늦었냐고 물어보니
햄버거 먹고 오느라 늦었다 하네

세상의 아픈 짐 혼자 졌지만
거침없이 파도를 헤쳐 나가는 어린 용사야!
누가 말했지
세상은 고통으로 사람을 시험하지만
극복하는 일도 사람이라고

폭풍이 불어도
결코 물러서지 않는 우뚝 선 네 모습에
세상도 너에게
행복의 입맞춤, 밝은 햇살 가득 비추리.

어느 퇴임식

바람에 가을이
가을이 우수수 진다

떨어져 나갈
두려움에 얼굴들이 노랗게
떨고 있다

이들도
한창 젊은 시절엔
체력도 키우고 열매를 가꾸는데
뛰어다니면서 온 힘을 쏟아내느라 자신들은
뒤도 돌아볼 시간도
없었다

늦가을 햇살이
길게 늘어트린 나무 그림자 사이로
기웃거릴 때

할 일을 마친 그들은 이제
등 떠밀리듯
퇴장 당하는 신세다

아쉽고 공허한 마음도
비우고 가야 할 이별의 아픔에
눈시울이 붉다

숙명처럼
모두 주고 떠나면서도
새 봄을 기원하는

은행나무 노오란 잎들

11월 엽서

가을이 단풍을 물고
흩어지고 있습니다

10월의 달력이
지워지는 날

자신의 색깔로 물들었던 마음들
하나 둘 지고
역할을 마친 텅 비어 버린 들판처럼
밀려올 공허함에
몸도 느낌도 움츠러들겠지요

계절에 민감한 철새처럼
다른 곳으로 날아갈 수는 없지만
마음먹기에 따라 가을의
맛이 달라지지요

쌀쌀한 바람 불어도
안부를 나눌 수 있는 친구와
보글보글 끓어오르는 된장찌개를
함께 나누는 가족이란
따뜻한 정을 나눌 수 있는 울타리에
대지를 딛고
걸을 수 있는 건강한 오늘이 있어
외롭지 않지요

소슬바람의 11월에
달구비가 내려도
미소와 따스한 마음이 함께하는
날이면 좋겠습니다.

김재근 시집
아침을 여는 향기

인쇄 2024년 4월 25일
발행 2024년 4월 30일

지은이 김재근
펴낸이 이노나
펴낸곳 인문엠앤비
주소 서울특별시 종로구 북촌로4길 19, 404호(계동, 신영빌딩)
전화 010-8208-6513
이메일 inmoonmnb@hanmail.net
출판등록 제2020-000076호

저자와 협의, 인지는 생략합니다.
잘못된 책은 바꿔 드립니다.

ISBN 979-11-91478-31-0 04810
979-11-971014-6-5 세트

값 10,000원